Der Schwager

Eberhard Strobel

Der Schwager

Titelbild: "Polaroid-Grafik" von Hans-Helmut Rupp
Layout und Lektorat: Heike Strobel

Sie sind mein Pflichtverteidiger. Wir hatten bereits kurz miteinander gesprochen. Sie wollten mich aufsuchen, sobald Sie meine Akte erhalten und eingehend studiert haben. Freue mich, Sie jetzt hier bei mir im Knast zu begrüßen. Sie heißen also Thomas Gescheidle? Ein lustiger und passender Name für einen so jungen Rechtsanwalt wie Sie. Ha, ha, ha! Sie sprechen einen netten Dialekt. Sicherlich sind Sie Schwabe, nicht wahr? Nein, nicht, sondern Badener? Aha! Da gibt's einen Unterschied? Hab ich nicht gewusst. Na, macht doch nichts! Baden befindet sich ja wohl auch dort unten in dieser Ecke? Machen Sie kein so böses Gesicht. Ist ja schon gut. Wollte Ihnen nicht zu nahe treten.

Muss Ihnen gleich zu Anfang beichten, habe kein Geld mehr. Meine Firma hat mir gekündigt, gleich nachdem ich eingelocht wurde, also hier in der U-Haft sitze. Wenigstens lebe ich im Knast umsonst. Bei meiner Frau ist auch nichts zu holen, da sie Hausfrau ist. Erspartes ist nicht vorhanden. Weiß nicht, was Sie als Anwalt zu bekommen haben. Von mir ist jedenfalls nichts zu erwarten. Ihr Honorar zahlt der Staat? Na, das ist ja gut.

Elfi, das ist meine Frau. In Wirklichkeit heißt sie Elfriede. Seitdem ich hier im Knast bin, tickt sie nicht mehr richtig. Sie meint doch tatsächlich, dass ich ihren lieben Bruder ermordet habe, obwohl ich keiner Fliege etwas zuleide tue. Sie hat mich letzte Woche besucht und mich „Mörder" genannt. Das können Sie mir glauben, es hat mich direkt umgehauen. Sie wisse ganz genau, hat sie geschrien, dass ich ihn immer gehasst hätte. Ich hätte stets schlecht über ihn geredet. Wer anders sollte es denn getan haben? Ausgeraubt sei er nicht worden. Also wäre kein Fremder in seine Wohnung eingedrungen. Das bedeute, niemand außer mir habe etwas von ihm gewollt. Nicht umsonst hätte man mich deshalb eingebuchtet. Unmöglich könne sie mit mir weiter zusammenleben, so als wäre nichts geschehen. „Mein lieber, armer Bruder", fing sie dann an zu heulen. Sie habe doch keine weiteren Geschwister. Jetzt auf einmal: „Geliebter Bruder"? Was hatte die immer früher auf ihn geschimpft! Unsere Ehe sei schon lange kaputt, keifte sie weiter. Nun sei endgültig Schluss. Sie wolle sich scheiden lassen. Schuld wäre natürlich nur ich. Sie hat dann die Fliege gemacht, wie man so schön sagt, und sich nicht mehr blicken lassen.

Hören Sie, ich bin unschuldig. Ich habe meinen Schwager nicht getötet. Elfi war früher viel vernünftiger gewesen. Wie Sie schon wissen, sie ist nur Hausfrau. Ist eine gute Mutter, muss man sagen. Jetzt ist sie einfach durchgeknallt. Anders kann ich es mir nicht erklären. Es stimmt, in letzter Zeit hatten wir uns viel gestritten. Sie hatte aber allein Schuld, weil sie zickig geworden war. Nichts konnte ich ihr mehr recht machen. Kann ich etwas dafür, dass das Geld nicht gereicht hat? Ich habe es nicht versoffen. Sie hat es ausgegeben, für ihre vielen Schuhe. Wir haben einen ganzen Schrank voll davon. Von dem anderen unnötigen Kram, den sie ständig kauft, will ich ganz schweigen. Ich frage Sie, musste das alles sein? Sind Sie auch verheiratet? Nein, nicht, da haben Sie aber Glück gehabt. Elfi will sich jetzt einen Job suchen. Wird endlich Zeit! Dürfte aber bei der heutigen Wirtschaftslage schwer werden, in ihrem alten Beruf, sie hat MTA gelernt, das ist medizinisch-technische Assistentin, wieder Fuß zu fassen. Unsere drei Söhne sind Gott sei Dank aus dem Gröbsten heraus. Mein Jüngster, mein lieber Heiner, macht in einem halben Jahr sein Abitur. So weit habe ich es selbst nie gebracht. Bin halt ein einfacher Anstreicher geblieben. Habe in der Schule kein Latein gelernt und kann deshalb nicht so gelehrt mitreden. Mein Ältester, der Sebastian, hat auf der Fachhochschule Architektur gelernt. Hat einen guten Abschluss gemacht und ist ins Ausland, nach Arabien, gegangen, da er hier keine Anstellung findet. Der Mittlere, der Ewald, hat gerade seine Ausbildung bei einer Bank abgeschlossen. Er wohnt nicht mehr bei uns. Vielleicht wird er einmal ein steinreicher Bankmanager und kann mich unterstützen? Gebrauchen werde ich es wohl können.

Kommen wir zurück zu mir! Ich bin der Bruno Seckel, wie Sie wissen. Finde meinen Namen blöde. Noch einmal, ich habe den Willi Koznich nicht ermordet. Wenigstens Sie müssen mir das glauben. Unter uns, es stimmt schon, der Willi war ein Dreckskerl. Stand mit ihm nicht gut. Muss ich zugeben. Deswegen aber bringt man einen Menschen nicht gleich um. Wo käme man denn da hin, wenn man jeden Kotzbrocken einfach gleich abmurksen würde? Aber manchmal hätte man schon Lust dazu, nicht wahr?

Also alles der Reihe nach! Mein Schwiegervater war Arzt und hatte seine Praxis in seinem eigenen Haus auf dem Hang genau oberhalb von uns. Wir wohnen genau da drunter in der Senke. Unser Wohnhaus ist die Friedensstraße Nummer 6. Können Sie mir folgen? Sie sollten sich alles einmal selbst ansehen, damit Sie besser Bescheid wissen. Früher war alles ein einziges Hanggrundstück gewesen, welches ihm, dem Alten, allein gehört hat. Als ich seine Tochter, die Elfriede, also die Elfi, geheiratet habe und unser erstes Kind unterwegs war, hat er mir erlaubt, auf seinem Grund und Boden, hier unten an der Friedensstraße, zu bauen. Ja, er hat uns diese Hälfte des Grundstücks geschenkt. Er sagte uns, er hätte alles mit dem Grundbuchamt geregelt. Von wegen! Pustekuchen! Das mussten wir jetzt feststellen. Damals lebte noch meine Schwiegermutter, die bald danach starb. Das Geld langte nicht für unseren Hausbau. Nach den Wünschen von Elfi musste alles proper und mondän sein. Einfacher hätte es auch getan. Die Schwiegereltern steuerten ein wenig Zaster bei. Es reichte aber dennoch nicht. Musste teure Kredite bei Banken aufnehmen, die ich bis heute brav abzahle. Hatte nämlich das Pech, in der Hochzinsphase bauen zu müssen. Den Anteil meines Schwiegervaters habe ich vollständig an ihn zurückgezahlt, was dieser Lump, der Willi, später frech bestritten hatte. Na, nun liegt er unter der Erde. Die Gerichtsmedizin hat die Untersuchungen abgeschlossen, habe ich gehört. Nochmals, mit seinem Tod habe ich nichts zu tun.

Unser Wohnviertel am Hang heißt „Am Galgenberg". Dort wurden früher die Verbrecher gehenkt und ohne viel Federlesens gleich an Ort und Stelle verscharrt. Ebenso wurden hier diejenigen, die an Pest, Cholera und Pocken verreckt waren, vergraben. Habe das alles später nach unserem Einzug gehört. Der Name unserer Straße soll wohl bedeuten, alle in der Erde Verbuddelten haben hier ihren Frieden gefunden. Ha,ha, ha!
Als wir in unserem Garten den Erdboden umgruben, um Tomaten zu pflanzen, stießen wir auf einen großen, gut erhaltenen Knochen. Mein Schwiegervater, jetzt ist er tot, diagnostizierte - So sagt man doch, nicht wahr? - Also, er diagnostizierte, dass es sich um einen Oberschenkelknochen von einem Menschen handelte, der entweder gehängt oder an einer Seuche krepiert war. Er sagte uns, anstecken könne man sich an diesem Knochen heute nicht mehr. Als Arzt musste

er das ja wissen. War schon makaber, dort Tomaten zu ernten und zu essen. Das können Sie mir glauben. Meine gute Mutter, sie ist voriges Jahr gestorben, hatte, wenn sie zu Besuch kam, Gemüse aus unserem Garten nicht angerührt, worüber meine Frau böse war. Ich glaube, ich langweile Sie.

Zum wiederholten Male, ich habe den Willi nicht ermordet. So etwas habe ich noch nie getan. Um ihre Frage zu beantworten, ja, ich habe mich mit ihm gestritten. Kann doch wohl mal vorkommen, nicht wahr? Ja, ich gebe zu, ihm eine runtergehauen zu haben, als er einmal besonders frech zu mir wurde. War zwar notwendig, aber dumm von mir gewesen. Gab nämlich Zeugen, die das gesehen haben. Steht deshalb auch in meiner Akte. Der von der Kripo hat das angesprochen und gemeint, ich sei gewalttätig, was überhaupt nicht stimmt. Mein Mordmotiv sei der Rechtsstreit, den Willi wegen des Grundstücks, auf dem mein Haus steht, und wegen des Ersatzes seiner Kosten für die Pflege seiner verstorbenen Eltern gegen mich und meine Frau führt. Wir würden diesen Zivilprozess wahrscheinlich verlieren. Wir seien zudem im Grundbuch nicht als Eigentümer eingetragen. Aus diesem Grunde hätte ich den Willi beseitigt. Sie wollten dann von mir gleich wissen, ob Elfi an der Tat mitbeteiligt war. Habe erklärt, dass weder sie noch ich ihn ermordet haben. Aha, gegen sie wird keine Anklage erhoben, wie Sie erfahren haben. Dann ist die ja fein heraus.

Sie haben die Akten aus dem Zivilprozess auch gelesen. Dann wissen Sie, dass mein sauberer Herr Schwager uns unser Haus und Grundstück mit sehr fadenscheinigen Gründen streitig macht, obwohl uns das Gelände vom Schwiegervater geschenkt wurde, wofür es Zeugen gibt. Er hatte es meiner Frau und mir feierlich erklärt, als wir die Schwiegereltern besuchten. Die Schwiegermutter und der Willi waren dabei gewesen. Jetzt auf einmal wollte der Schweinehund davon überhaupt nichts gewusst haben. Wenn Sie mich fragen, sein Vater hatte nie viel von ihm gehalten. Er wurde von seiner Mutter stets verzärtelt und verwöhnt. „Mein liebes Häschen, du siehst sehr blass aus. Du wirst dich doch nicht beim Lernen überanstrengt haben?" Am liebsten hätte ich ihm in diesem Augenblick einen Tritt in den Hintern gegeben. Er war der ewige Student und stinkfaul. Aus ihm ist nichts geworden. Sein Studium, was weiß ich, hat er nach langen Jahren schließlich geschmissen.

Richtig gearbeitet und Geld verdient hatte der niemals. Jetzt hat er seine ewige Ruhe gefunden. Das alles musste aber einmal gesagt werden.

Sie haben Recht, leider wurde in unserem Falle nichts Schriftliches vereinbart. Erst in jenem Prozess kam heraus, dass im Grundbuch zwar das ehemalige Gesamtgrundstück aufgeteilt wurde, jedoch bei uns der Schwiegervater immer noch als Eigentümer steht. Sicherlich hatte er vergessen, die Eintragung für uns zu ändern. War wohl wegen seines Alters nicht mehr so ganz klar im Kopf gewesen. Sie können sich vorstellen, dass wir von den Socken waren. Wir wollten auch das Weitere kaum glauben: Das Gebäude, in dem er seine Praxis hatte und in dem er bis zuletzt zusammen mit meinem Schwager hauste, anders kann man das wegen des Schmutzes dort nicht bezeichnen, hatte er an irgendeine soziale Einrichtung verscherbelt. Er durfte aber aus wer weiß welchen Gründen noch dort wohnen bleiben. Die ehemaligen Praxisräume wurden von diesen Sozial-Heinis benutzt. Was da alles vereinbart wurde, weiß ich nicht. Kann mir auch egal sein. Er hätte das Geld dringend gebraucht, um als Rentner über die Runden zu kommen, wollte uns der Willi weismachen.

Komisch nur, dass von dem Zaster angeblich nichts mehr übrig ist.

Willi hat als Junggeselle in seinem Elternhaus bis zuletzt ständig gewohnt, natürlich umsonst. Wie gesagt, gearbeitet hat der nichts. War schon immer eine faule Sau gewesen. Ist doch wahr! Haus und Garten sind total vergammelt. Sie brauchen es bloß einmal anzusehen. Der Halunke hat keinen Handschlag getan. Schuld war allein seine Mutter. Er hatte seinen Eltern stets auf der Tasche gelegen. In dem Zivilprozess behauptete er frech, er habe sie immer wegen ihrer Altersschwäche unterstützen und in den letzten Jahren zuerst seine kranke Mutter und dann auch seinen alten, hinfälligen Vater pflegen müssen. Er habe deshalb keinen Beruf ausüben können. Dass ich nicht lache! Das ist doch die Höhe, dass er für seine Faulheit noch Geld von uns wollte. Alles war nämlich glatt gelogen. Elfi war oft zu Besuch dort und hat weder von Schwäche, Hinfälligkeit oder sonst etwas von Krankheit bemerkt. Die Schwiegermutter starb ganz plötzlich, ohne vorherige Anzeichen. Sie sei immer putzmunter gewesen und eines schönen Tages mitten im Gespräch tot umgefallen. Auch der Schwiegervater hat einige Jahre später, ohne richtig krank gewesen zu sein, ganz plötzlich seinen Löffel abgegeben. Bei den Besuchen bin ich nicht mehr mitgegangen. War vielleicht ein Fehler. Mit den Schwiegereltern stand ich mich nicht so gut. Ich merkte, wie sie auf mich herabsahen, weil ich nicht zu ihren Kreisen gehörte. Bin doch nicht blöde. Habe nämlich nicht studiert. Sie wissen schon? Sie haben es mir zwar nie ins Gesicht gesagt. Das hat hintenherum ihr lieber Herr Sohn zur Genüge getan. Sie haben Recht, es war falsch, dass ich den Kontakt abgebrochen und meine Frau nicht zu ihren Eltern begleitet habe.

Wie schon gesagt, mein Herr Schwager witterte nach dem Tode des Alten Morgenluft und wollte bei uns absahnen. Er soll keinen roten Heller mehr gehabt haben. Ja, Sie sagen es, von dem ursprünglichen Erbe ist außer den schäbigen Möbeln im Elternhaus laut Grundbuch nur unser Haus und Grundstück übrig geblieben. Er behauptete, unser Eigenheim hätte ich allein von dem Geld seiner Eltern gebaut, was nicht stimmt. Sie brauchen mir nicht zu erklären, dass er außerdem in dem Prozess die Zeit und den Aufwand für die Pflege seiner Mutter und seines Vaters geltend machte und wir das Gegenteil nicht nachweisen konnten. Sie haben jene Unterlagen gelesen und festgestellt, dass nicht mehr feststeht, wie viel mein Schwiegervater für das Haus gezahlt hat und wie viel ich an ihn zurückgezahlt habe. Es fehlen Belege. Da gebe es große Lücken. Meine Belege seien nicht vollständig. In dieser Hinsicht hätte ich schlechte Karten. Na ja, ich habe nicht alles aufgehoben, vieles aussortiert und weggeworfen. Es ist immerhin schon viele Jahre her. Wer hätte an so etwas gedacht? Das würde also bedeuten, dass ich selbst nur wenig oder gar überhaupt nichts mehr zu beanspruchen hätte, obwohl ich so große Mengen Geld in das Haus hineingesteckt habe. War dann wohl alles für die Katz gewesen. Sie fragen mich, was damit gemeint sei, dass ich früher schon einmal zusammengebrochen wäre? Mein Schwager und sein frecher Anwalt haben darauf angespielt, dass ich als Geschäftsmann vor Jahren pleite gegangen war. Jawohl, ich hatte eine eigene Firma gehabt, ein gut gehendes Malergeschäft, und war deshalb als vermögender Schwiegersohn anfangs willkommen gewesen. Fuhr einen dicken Mercedes. Ja, ja, das gab was her. Unverschuldet geriet ich in Insolvenz. Die Banken ließen mich von einem auf den anderen Tag wie eine heiße Kartoffel fallen. Konnte plötzlich meinen Angestellten den Lohn nicht mehr auszahlen und die teure Miete für unser Firmengrundstück nicht aufbringen, obwohl wir noch genügend Aufträge hatten. Grund war, unsere Kunden zahlten sehr schlecht oder blieben häufig das Geld schuldig. Stellen Sie sich vor, selbst der Staat war ein schlechter Zahler. Aber wehe, wenn Sie ihre Abgaben und Steuern nicht rechtzeitig bezahlen. Meine Freunde können Ihnen alles bestätigen. War sehr bitter für mich! Aber was will man machen?

Nun soll ich Ihnen schildern, was ich zur Tatzeit gemacht habe. Das steht doch in den Akten. Sie wollen es von mir noch einmal hören? Also gut, ich war an dem betreffenden Freitag, an dem alles passiert ist, den ganzen Tag in der Stadt gewesen. Habe bei Kunden gemalt und tapeziert. Am Abend haben wir in der Firma, wo ich bis jetzt angestellt war, das fünfzigste Firmenjubiläum gefeiert. Ging hoch her. Gab warmes Essen, Sekt, Bier, Schnaps und Wein, so viel Sie wollten. Der Chef ließ sich nicht lumpen. Wir haben tüchtig gesoffen. Eine Band spielte. Es wurde geschwoft. Zuletzt artete es in eine Knutscherei mit den Kolleginnen aus. Aus dem Alter bin ich heraus. Bin deshalb vorzeitig gegangen. Wann das genau war, weiß ich nicht mehr. Muss nach Mitternacht gewesen sein. Konnte kaum noch laufen. Um mich herum drehte sich alles. War sturzbesoffen. Konnte nicht mehr fahren und ließ mein Auto auf dem Firmenparkplatz stehen. Mein Arbeitskollege, mit dem ich mich gut stehe, hat mich dann mit seinem Wagen nach Hause gefahren. War riesig nett von ihm, aber riskant. Vermute, dass er wie ich über der Promillegrenze war. Ist nämlich auch kein Kind von Traurigkeit und hatte tüchtig mitgefeiert.

Weiß nur, dass es draußen stürmte und stark regnete. Der Kollege setzte mich an der Ecke zu meiner Straße ab, weil diese als Sackgasse eine schlechte Wendemöglichkeit hat. Besoffen wie ich war, stürzte ich aus dem Auto. Der Sturm verbog meinen Schirm, den ich aufspannen wollte. Er war sofort kaputt. Konnte ihn nur noch wegwerfen. Es goss wie aus Kübeln. Mir war kotzübel, und ich übergab mich auf dem Gehweg. Der starke Regen wird sicherlich alles weggespült haben. Bis auf die Haut durchnässt erreichte ich unsere Haustür. Mein Übergangsmantel hing wie ein feuchter Waschlappen an mir. Als ich mühsam den Schlüssel in der Tasche suchte, um aufzuschließen, hörte ich unser Gartentor oben auf dem Hang durch den heftigen Wind

hin- und herschlagen. Es hallte wie Böllerschüsse. Das Tor dort oben ist die Grenze zu dem Anwesen, wo der Schwiegervater und der Schwager gewohnt hatten. Wie gesagt, es knallte ganz ordentlich.
Jemand von uns hatte vergessen, das Tor zu verriegeln.
Trotz meines Suffes und des Sauwetters beschloss ich hochzusteigen, um den Riegel zuzuschieben. War sowieso schon bis auf die Haut nass. Die Knallerei konnte schließlich nicht die ganze Nacht so weitergehen. Ich stieg mühsam die Stufen des Gartenweges hinauf, immer wieder ausrutschend durch die Regennässe und den starken Wind, der mir ins Gesicht peitschte. Oben am Tor, durch die dort stehenden Fichten hindurch, schaute ich auf das vor mir liegende Haus meiner verstorbenen Schwiegereltern. Durch die Ritzen der nicht ganz geschlossenen Jalousie, wo das Wohnzimmer war, schimmerte Licht. An den Umrissen dahinter konnte ich erkennen, dass zwei oder drei Gestalten im Zimmer waren, die entweder standen oder herumliefen. Mehr weiß ich nicht. Einer von ihnen war mein Schwager. Das konnte ich an seiner Körpermasse und seiner typisch gebückten Haltung erkennen. Durch seine Faulheit war er nämlich

fett und schief geworden. Er hatte also Besuch. Kam mir um diese Zeit irgendwie komisch vor. Hatte mir dabei aber nichts gedacht. Was ging es mich schließlich an?
Nachdem ich das Tor zugemacht, das heißt, den Riegel vorgeschoben hatte, ging ich herunter zu unserem Haus. Das war leichter gesagt als getan. Der Boden war glitschig. In der Dunkelheit rutschte ich in meinem besoffenen Zustand auf einer Stufenkante aus und fiel der Länge nach hin. Glaube, ich lag eine ganze Weile wie bekloppt am Boden. Kam durch die Kälte allmählich wieder zu mir und rappelte mich langsam auf. Ich fror entsetzlich. Blutete an der Stirn. Hatte mir auch die Knie aufgeschlagen. Wenn ich jetzt darüber nachdenke, hatte ich das Gefühl, dass jemand hinter den Büschen im Garten gestanden haben musste. Weil alles finster war, war nichts zu erkennen. War schon richtig unheimlich. Weiß noch, hatte plötzlich Angst bekommen. Zitternd und auf allen Vieren vorsichtig herunterkriechend erreichte ich zähneklappernd meine Haustür. War heilfroh, als ich den Hausschlüssel in meiner Tasche gefunden, die Haustür aufgeschlossen und schließlich in meinem warmen Hause in Sicherheit war. Verriegelte hinter mir die Tür, schaltete das Licht im Flur an. War

halbwegs wieder nüchtern geworden. Sah mich im Garderobenspiegel an. Schlimm, wie ich aussah! Das Blut lief mir über das Gesicht. Meine Hose war zerrissen. Sämtliche Sachen, die ich trug, waren total durchnässt und verdreckt. Mein Bein blutete ebenfalls. Im Hause schlief alles. Nichts war zu hören. Ging in den Keller herunter. Zog mich dort aus und legte meine schmutzigen Sachen neben die Waschmaschine. Nackt wie ich dann war, tappte ich die Treppe im Hausflur zu unserem Schlafzimmer hoch. Vorher ging ich ins Bad, um mir Pflaster auf die Wunden zu legen und die Blutspuren abzuwaschen. Der Schädel brummte mir. War aber doch etwas klarer im Kopf geworden, obwohl mir nach wie vor hundselend war. Schlüpfte ins Bett und rollte mich zitternd unter die Bettdecke, um mich zu wärmen. Meine Frau schlief fest, was ich an ihrem Schnarchen hörte. Sie hat mich nicht gehört. Mein Sohn, der Abiturient, hat in seinem Dachzimmer auch schon geschlafen. Er sagte mir später, dass er nichts mitbekommen habe. Die anderen beiden Söhne wohnen ja nicht mehr bei uns.

Unsanft wurde ich am nächsten Tag geweckt. Meine Frau stand angezogen vor mir und zog an meinen Armen. Wie ich auf den Wecker schaute, war es schon fast Mittag. Den Samstagvormittag hatte ich glatt verschlafen. „Steh auf! Es ist etwas Fürchterliches passiert. Mein Bruder wurde in der Nacht ermordet. Zwei Polizisten sind unten im Wohnzimmer. Sie wollen dich sprechen." Noch nicht richtig wach zog ich meinen Morgenmantel an und stolperte die Treppe herunter. Im Zimmer standen zwei Bullen — äh, ich meine, Polizeibeamte. Zeigten mir so etwas wie ihre Ausweise. Sie sagten mir, dass mein Schwager heute Morgen tot in seinem Haus aufgefunden wurde. Die Putzfrau, die an diesem Tag zum Reinigen gekommen war, dafür den Hausschlüssel besaß und mit diesem aufgeschlossen hatte, hätte ihn leblos in einer Blutlache liegen sehen und sofort die Polizei verständigt. Nach Lage der Dinge sei der Tote mit einem harten und scharfen Gegenstand erschlagen worden. Ein Raubmord scheide nach ersten Erkenntnissen aus. Brieftasche, Geldbeutel des Opfers sowie sonstige Sachen im Hause seien offenkundig unangetastet geblieben. Spuren für ein gewaltsames Eindringen seien nicht feststellbar. Der Getötete müsse den Täter vermutlich gekannt und ihn hineingelassen haben.

„Wo waren Sie diese Nacht? Haben Sie etwas gehört? So, Sie waren auf einer Firmenfeier. Wie und wann sind Sie nach Hause gekommen?" Erzählte ihnen, dass ich mein Fahrzeug bei der Firma stehen gelassen hatte, da ich Alkohol getrunken hatte. Sei mit dem letzten öffentlichen Verkehrsmittel heimgefahren und ungefähr gegen ein Uhr nachts zu Hause angekommen. Ich habe ihnen nicht gesagt, dass mein Arbeitskumpel mich mit dem Auto gebracht hat. Wollte ihn nicht in die Sache hineinziehen. Der hatte nämlich auch gesoffen. Fürchtete, dass man bei ihm noch nachträglich eine Blutprobe vornehmen könnte. Hatte gehört, dass man den Alkoholpegel auch Stunden später feststellen kann. War dumm von mir gewesen. Hätte ich nicht tun sollen. Hatten nämlich schnell die Wahrheit herausgefunden. Berichtete ihnen dann, dass ich oben das Gartentor durch den Sturm habe schlagen hören und trotz der Dunkelheit hinaufgestiegen sei, um es zu verriegeln. Das zu sagen, war nachträglich gesehen eine Riesendummheit von mir. Habe dadurch nämlich die Bullen regelrecht auf meine Spur gehoben. Wenn ich die Schnauze gehalten hätte, wäre mir nichts passiert. Die Polizisten wollten natürlich sofort die Örtlichkeit sehen. Zog mich rasch an, um sie ihnen zu zeigen. „Das Gartentor ist ja immer noch auf und nicht zu, wie Sie behauptet haben", sagte der eine zu mir. Fühlte, wie mir kalter Schweiß den Rücken hinunterlief. Aufgeregt gab ich an, dass ich Licht bei meinem Schwager und Schatten von Personen hinter den Rollläden gesehen hätte. Äußerte auch den Verdacht, dass im Garten hinter einem Busch jemand gelauert habe. Die Beamten schauten mich etwas merkwürdig an. Spürte, sie glaubten mir nicht. „Ihr Pflaster auf der Stirn, wo haben Sie sich verletzt? Aha, Sie sind hier in der Nacht im Garten gestürzt. Können wir Ihre Sachen sehen, die Sie angehabt haben?" Ich zeigte sie ihnen. Was blieb mir anderes übrig? „Da klebt ja Blut dran. Zwecks Ermittlungen müssen wir die Kleidungsstücke vorläufig mitnehmen. Sie haben doch nichts dagegen? Halten Sie sich auf jeden Fall zu unserer Verfügung", sagte derjenige, der bisher immer das Wort an mich gerichtet hatte. Er ist der Kripo-Kommissar Bogsmüller, wie ich nun weiß.

Am anderen Tag kamen sie schon mit einem Hausdurchsuchungsbefehl. „Sie sind nicht gegen ein Uhr nachts, sondern schon um Mitternacht nach Hause gekommen. Ihr Bekannter hat Sie im Auto gebracht", waren ihre ersten Worte. „Was spielt das für eine Rolle, wenn ich mich um eine Stunde vertan habe?", brüllte ich. Ich war stinksauer. „Doch ja, nämlich um diese Uhrzeit, das konnten wir feststellen, wurde Ihr Schwager getötet", gab mir der Kripo-Mensch zur Antwort. Sie können sich vorstellen, wie mir plötzlich mulmig wurde. Aus unserem Schuppen neben dem Haus, in dem wir unsere Gartenwerkzeuge aufbewahren, nahmen sie das Beil mit, an dem sie später Blutspuren feststellten, die laut deren Labor von meinem Schwager sein sollten. Schon am Montagmorgen wurde ich, bevor ich zur Arbeit gehen konnte, mit Blaulicht zur Vernehmung ins Präsidium abgeholt. Wurde stundenlang verhört und gleich dabehalten. „Geben Sie es doch zu, die Beweise gegen Sie sind erdrückend. Ihr Schwager wurde nach dem Arztbericht gegen vierundzwanzig Uhr in der Nacht, also zu der Zeit, als Sie nachweislich nach Hause kamen, getötet." Wollten dann sofort wissen, ob meine Frau oder mein Sohn von meinem Vorhaben gewusst oder hinterher von der Tat von mir erfahren haben. „Was soll das?", habe ich geschrien. „Ich habe nichts getan. Meine Frau und mein Sohn haben fest geschlafen, als ich heimgekommen bin." Der

Haftrichter, dem ich dann vorgeführt wurde, ordnete U-Haft wegen dringenden Tatverdachtes und Verdunkelungsgefahr auf Grund der vorliegenden Indizien an. So ungefähr lautet das mir ausgehändigte Schreiben des Haftbefehls. Sie wissen ja darüber Bescheid. Seitdem sitze ich im Knast und grübele. Habe nichts zu gestehen, da ich unschuldig bin.

Können Sie nicht bitte meine Frau aufsuchen und ihr sagen, dass sie endlich mal wieder vorbeikommen soll? Es wird höchste Zeit, dass wir uns einmal in Ruhe aussprechen. Mein ältester Sohn, aus Arabien zu einem kurzen Aufenthalt nach Deutschland gekommen, hat mich hier besucht und zu mir gesagt: „Was machst Du bloß für dumme Geschichten?" Wahrscheinlich denkt der auch, dass ich den Willi umgebracht habe. Der Mittlere, also der Banker, hat es bis jetzt nicht für nötig befunden, hierherzukommen. Ist sich wohl zu fein dazu oder geniert sich vor seinen Bankkollegen? Ein Lichtblick dagegen ist mein Jüngster. Er besucht mich regelmäßig und bringt mir Obst und Zigaretten mit. Habe den Verdacht, dass er es von seinem bisschen Geld zahlt, das er in aller Herrgottsfrühe durch Zeitungsaustragen verdient. Er ist ein lieber Kerl.

Bin stolz auf ihn. Sagen Sie, kann man nicht die ganze Angelegenheit beschleunigen? Können Sie nicht mit dem Gericht sprechen? Es dauert, es dauert so ewig lange. Das Warten in der Zelle macht mich richtig krank. Kann ich wenigstens hoffen, dass für mich etwas Positives herauskommt, also der richtige Täter gefasst wird? Also, Sie rechnen damit, dass die Anklageschrift bald vorliegt und die Hauptverhandlung eröffnet wird? Sie werden vorher kommen und die Sache mit mir besprechen. Dann werden wir also weiter sehen, wie der Strafprozess gegen mich verlaufen wird. Es wird eng werden für mich, sagen Sie?

Sie kommen vom Fernsehen und wollen zu der Folge „Große Kriminalfälle" auch eine Sendung über meinen Vater drehen? Ja, ich bin sein Sohn Heiner Seckel. Ungewollt bin ich laut den Medien jetzt selbst in dieser Sache so etwas wie berühmt geworden. Aus diesem Grunde wollen Sie von mir persönlich erfahren, welche Rolle ich bei dem überraschenden Ausgang dieses Falles gespielt habe. Zunächst soll ich Ihnen berichten, wie es damals ihm, dem Angeklagten, und uns, seinen Angehörigen, ergangen war? Bekanntlich wurde mein Vater vor über zwölf Jahren zu einer lebenslangen Freiheitsstrafe wegen Mordes aus Heimtücke verurteilt, obwohl er bis zuletzt seine Täterschaft bestritten hatte. Näheres hierüber kann Ihnen besser sein Anwalt, Herr Gescheidle, sagen. Ich bin kein Jurist. Es ist bekannt, dass dieser Strafprozess sehr dramatisch verlaufen war. Die Zeitungen und Magazine hatten ausführlich berichtet. Was da auch über unsere Familie an viel Falschem und leider nur wenig Wahrem geschrieben wurde, war derartig, dass wir über Nacht in negativem Sinne bekannt, ja berüchtigt wurden. Mein Vater hatte seinen Fall noch zusätzlich angeheizt, da er in der Hauptverhandlung mehrfach schreiend seine Unschuld beteuerte. Wegen seines Verhaltens wurde er einmal zeitweise von der Hauptverhandlung ausgeschlossen. Es ist ein schlimmes Gefühl, seinen nahen Angehörigen auf der Anklagebank zu erleben. Soviel stand fest, der Ermordete musste den Täter gekannt und in das Haus hineingelassen haben, da Spuren eines Einbruches laut Polizei nicht vorhanden waren. Niemand hatte die Tat beobachtet. Aber weshalb sollte es nur mein Vater gewesen sein, der mitten in der Nacht meinen Onkel aufgesucht haben soll? Schließlich hätte er eine bessere Gelegenheit dazu bei Tag haben können. Hatte denn mein Onkel überhaupt keine Freunde oder Bekannte gehabt? In meinen Augen blieb daher der Sachverhalt ungeklärt. Wir von unserer Familie wurden zwar als Zeugen gehört. Weder meine Mutter noch ich konnten aber sagen, wann mein Vater nach Hause gekommen war. Auf die mir gestellte Frage erklärte ich, dass das Gartentor nach meiner Meinung stets verriegelt war. Da ich aber schon länger nicht mehr oben in unserem Garten gewesen war, konnte ich natürlich nicht angeben, ob das Tor auch am Tag des Geschehens verschlossen gewesen war. Meiner Mutter erging es ebenso. Als Familienangehörige wurden wir nicht vereidigt.

Ich hatte den Eindruck, dass man unseren Aussagen überhaupt keinen Wert beimaß. Zum Verhängnis wurde meinem Vater sein Beil, an dem Blutspuren des Getöteten ermittelt wurden. Natürlich waren darauf auch seine Fingerabdrücke. Er hat die Axt ja öfters benutzt. Rechtsanwalt Gescheidle hatte nach der Urteilsverkündung versucht, ihm Hoffnung zu machen, nämlich dass er die Chance hätte, bei guter Führung nach fünfzehn Jahren vorzeitig entlassen zu werden. Das Landgericht hatte nämlich eine anschließende Sicherungsverwahrung nicht angeordnet. Es war ein schwacher Trost. Der Anwalt hatte zwar gegen das Urteil noch Revision eingelegt. Diese blieb aber erfolglos.

Sie besitzen Bildmaterial von jenen Prozesstagen und wollen dieses in ihrer Sendung verwenden? Ich bin darauf gespannt. Sicherlich werden Sie auch noch Zeitzeugen ausfindig machen wollen? Für unsere Familie war es damals sehr schlimm. Plötzlich war eine Welt zusammengebrochen. Es wurde später ein Buch veröffentlicht. Sie kennen es? Mit dem, was da geschrieben ist, bin ich nicht einverstanden. Der Autor hatte weder mich noch meine Brüder, sondern nur meine Mutter aufgesucht. Er hatte sich nicht die Mühe gemacht, auch die Hintergründe und Zweifel festzuhalten. Über mich und meine beiden älteren Brüder sind widersprüchliche, ja sogar falsche Angaben enthalten, die ich entschieden zurückweise. Überhaupt wurde der Sachverhalt von ihm ungenau wiedergegeben. Mein Bruder Sebastian, der Älteste von uns, ist Architekt und war bei der Verurteilung meines Vaters längst beruflich in Arabien tätig. Somit kann von einer Flucht aus Deutschland nicht die Rede sein, wie in dem Buch behauptet wird. Zwar ist richtig, dass mein Bruder Ewald anfänglich eine gewisse Scheu hatte, meinen Vater in der U-Haft aufzusuchen. Es wäre ihm anfangs peinlich gewesen, wie er mir verriet. Das hat sich aber bald geändert. Er hat ihn dann regelmäßig im Gefängnis besucht und ihm Geld für seine Bedürfnisse gegeben. Es stimmt also nicht, dass er sich von meinem Vater losgesagt hätte. Ewald ist Banker. Das Ganze war für ihn nicht leicht, da es in Bank-Kreisen bestimmt keine Empfehlung ist, der Sohn eines Mörders zu sein. Von mir wird behauptet, dass ich weggezogen wäre. Dass dieses aus beruflichen Gründen erfolgte, wird nicht erwähnt. Entgegen der Aussage des Schreibers stelle ich ausdrücklich fest, dass wir, die

Söhne, stets zu unserem Vater gehalten haben und ihn lieben. Ich selbst habe ihn von Anfang an für unschuldig gehalten. Allerdings zerbrach die Ehe unserer Eltern, als mein Vater ins Gefängnis kam. Meine Mutter und mein Vater hatten sich jedoch schon lange vorher nicht mehr richtig verstanden.

Ich will nun berichten, wie es nach dem Urteil weiterging. Mein Vater war plötzlich als Mörder abgestempelt worden. Sie können sich nicht vorstellen, was es für einen rechtschaffenen Menschen wie ihn bedeutete, unschuldig zu lebenslanger Haft verurteilt zu werden. Die Hoffnung, eines schönen Tages wieder frei zu kommen, war zu diesem Zeitpunkt sehr fernliegend. Meine Mutter ließ sich gleich nach seiner Verurteilung von ihm scheiden. Trotz dieses weiteren Schicksalsschlages hatte er es geschafft, allmählich seinen Lebensmut zurückzugewinnen. Er besitzt nämlich die glückliche Gabe, unangenehme Dinge einfach wegzustecken. Das kann nicht jeder. Dafür bewundere ich ihn. Er habe sich mit dem „herrlichen Alltag im Bau" arrangiert und viele neue Bekannte gewonnen, erklärte er mir augenzwinkernd bei einem meinem Besuche. Seinen unserer Familie gut bekannten Humor hatte er im Knast nicht verloren. Wenn ich meinen Vater beschreibe, so war er für uns, auch für seine Freunde und Bekannte, ein guter, zu Späßen aufgelegter Kumpel, der sehr hilfsbereit sein konnte. Mit uns, seinen drei Söhnen, hatte er in seiner Freizeit Fußball gespielt. Er kann überaus prächtig Witze erzählen. Was haben wir darüber gelacht! Durch ein solches Verhalten muss er ein gewisses Ansehen bei seinen Mitgefangenen und beim Gefängnispersonal erlangt haben. Das konnte ich aus seinen Erzählungen schließen. Über bedrückende Erfahrungen, die er gemacht haben muss, hat er nie gesprochen. Er machte auf mich bei meinen Besuchen einen ruhigen Eindruck. Möglicherweise war es gespielt. Am besten, Sie fragen meinen Vater selbst. Bestimmt gab es Tage, an denen er sehr niedergeschlagen war. Ich kenne Gott sei Dank nicht den Gefängnisalltag. Lustig scheint mir dieser nicht zu sein. Ich war jedes Mal heilfroh, wenn ich nach meinen Besuchen aus diesem Gebäude mit seiner tristen Atmosphäre wieder herauskam. Ich hätte dort nicht sein mögen. Mein Vater wurde zunächst in der Gefängniswäscherei beschäftigt. Wenn etwas in den Räumen der Haftanstalt anzumalen war, tat er es. Wärter beriet er, welche Farben sie für das Anstreichen ihrer Wohnungen oder ihrer Häuschen verwenden sollten. Später kam er in die Gefängnisbibliothek, vermutlich durch gute Führung. Er empfand es als eine gewaltige Vergünstigung. Er ist nämlich eine große Leseratte. Er war darüber glücklich. Zu Hause las er in der Hauptsache gern Krimis. Im Knast musste ich ihm sogar wissenschaftliche Bücher besorgen. Was das für welche waren? Plötzlich interessierte er sich für Physik und Astronomie. Man sollte es kaum glauben! Zuletzt war es Pflanzenkunde. Was er alles damit wollte, hat er mir nicht gesagt.

Nach der Scheidung meiner Eltern wurde das gesamte Grundstück, auf dem unser Haus steht, meiner Mutter als einziger verbleibender, gesetzlicher Erbin ihrer Eltern gerichtlich zugesprochen. Mein Vater hat nichts bekommen, da er im Grundbuch nicht eingetragen war. Aus seinen Aufwendungen für das Grundstück hat er, soviel ich weiß, kein Geld zurückerhalten, weil er angeblich keine Nachweise erbringen konnte. Ich erinnere mich, wie unsere „lieben Verwandten" uns damals das Leben sehr schwer gemacht haben. Sie wollten meiner Mutter und somit uns das Erbe streitig machen. Sie behaupteten, wir wären wegen des aus unserer Mitte begangenen Mordes an dem Miterben des Grundstückes, also an unserem Onkel, erbunwürdig geworden. Es hörte sich an, als ob wir ihn alle gemeinsam umgebracht hätten, um uns auf seine Kosten zu bereichern. Sie hatten tatsächlich einen Anwalt beauftragt. Schon bei der Beerdigung haben sie kein Wort mit uns gesprochen und hinterrücks gestichelt. Sie sind wohl später vor Gericht, was weiß ich, abgewiesen worden. Jedenfalls ist das Ganze für sie im Sande verlaufen. Mich regt dieser ungeheuere Vorwurf noch heute auf. Herr Rechtsanwalt Gescheidle, der Strafverteidiger meines Vaters, leistete uns in dieser Angelegenheit Rechtshilfe. Durch üble Machenschaften wurden diese haltlosen Anschuldigungen auch in unserer Nachbarschaft verbreitet, wie wir zu unserem Leidwesen erfahren mussten. Für uns wurden die Begegnungen mit den Nachbarn zu einem Spießrutenlaufen. Meine Mutter verkaufte so rasch wie möglich unser Anwesen und zog in eine andere Stadt.

Auch mich hielt nichts mehr zu Hause zurück. Ich hatte in dieser schlimmen Zeit trotz der gewaltigen Aufregungen mein Abitur sogar mit der Note 1,3 bestanden. Das war nicht ganz einfach gewesen. Als Sohn eines Mörders ist man einer gewissen Häme ausgesetzt. Von meinen bisher guten Freunden wurde ich plötzlich gemieden. Es ging unserer ganzen Familie ebenso. Meine Mutter hat sich, soviel ich weiß, bei ihrem Wegzug von den Nachbarn und Bekannten nicht verabschiedet. Sie hat in der Zwischenzeit wieder geheiratet. Zu ihr und ihrem Ehemann habe ich wenig Verbindung. Ihr geht es gut. Gegen ihn habe ich nichts. Er scheint in Ordnung zu sein. Wir telefonieren regelmäßig zu Weihnachten, zum Neuen Jahr und zu Geburtstagen. Ab und zu besuchen wir uns auch. Sie freut sich immer auf den Besuch der Enkelkinder bei ihr. Meine Brüder wohnten zum Zeitpunkt des großen Unglückes unserer Familie nicht mehr im Elternhaus. Bei Sebastian in Arabien kümmerte sich kein Mensch darum, was bei uns vorgefallen war. Ewald in seiner Bank schien es da schon etwas schwerer gehabt zu haben. Er konnte sich dort durchsetzen und Häme an sich abgleiten lassen, wie er mir erzählte. Er hat ein beneidenswert dickes Fell. Meine Lage in der Schule war für mich nicht leicht gewesen. Meinen Klassenkameraden war ich suspekt geworden. Ein Mädchen aus meiner Jahrgangsstufe in der Schule, mit dem ich vorher näher befreundet war, brach völlig mit mir. Aber einige wenige Schulfreunde, von denen ich es nicht gedacht hätte, hielten dennoch zu mir. Meine Lehrer verhielten sich glücklicherweise neutral. Da ich ein guter Sportler, groß und auch kräftig bin, hat niemand gewagt, mir etwas Unflätiges ins Gesicht zu sagen. Zum Glück verging die Zeit bis zu meinem mündlichen Abitur verhältnismäßig schnell. Bei der anschließenden Abiturfeier war ich nicht mehr dabei. Ich hatte keine Lust dazu. Da die Medien zu dieser Zeit den Fall noch in unschöner Weise breittraten, war es mir unangenehm, mich den Leuten zu zeigen.

Für mich war klar, dass ich rasch Geld verdienen musste. Meine Mutter und ich waren, abgesehen von dem Grundstück, das zudem noch nicht abbezahlt war, völlig mittellos. Ich bewarb mich als Azubi bei einem in der Stadt ansässigen, namhaften Versicherungsunternehmen. Wegen meines guten Abi-Zeugnisses wurde ich genommen. Als ich mich vorstellte, konnte sich der Personalchef am Ende des Gespräches nicht verkneifen, mich zu fragen, ob ich mit dem wegen Mordes verurteilten Bruno Seckel verwandt wäre, obwohl er sich das aus meinem ihm vorliegenden Lebenslauf doch schon zusammenreimen konnte. Ich schluckte meine Verzweiflung und Wut hinunter und nickte nur schweigend. Ich fürchtete, zu guter Letzt wegen meiner Familiengeschichte noch abgewiesen zu werden. Beschwichtigend meinte er, er habe mit seinen Eltern, insbesondere mit seinem Vater, auch Schwierigkeiten gehabt. Was er damit sagen wollte, entzieht sich meiner Kenntnis.

Der angehende Beruf machte mir großen Spaß. Nach den vergangenen düsteren Wochen lebte ich direkt auf. Ich bezog ein bescheidenes, kleines Zimmer in einer Wohngemeinschaft. Als Azubi hat man ja noch nicht viel Geld übrig. Über das Geschehnis in meiner Familie habe ich mit meinen Mitbewohnern und Kollegen nie gesprochen. Sie haben mich auch nicht gefragt, was mir natürlich nur recht war. Ich machte nach Abschluss der Lehrjahre die Prüfung zum Versicherungskaufmann ebenfalls mit einer guten Note. Danach bewarb ich mich um einen Arbeitsplatz und erhielt in demselben Unternehmen an einem anderen Ort eine feste Anstellung als Sachbearbeiter. Ich glaubte, die düstere Vergangenheit endgültig hinter mir gelassen zu haben. Da durch den vergangenen großen Rummel in den Medien der Mordfall noch nicht vergessen war, wurde ich eines Abends in geselliger Runde plötzlich gefragt, ob ich denn mit dem im Gefängnis einsitzenden Mörder verwandt wäre. Ich glaubte, eine gewisse Häme herausgehört zu haben.

Auf Grund dieses dummen Erlebnisses, welches mich stärker geschockt hatte, als es das wert gewesen wäre, beschloss ich, meinen großen Traum zu verwirklichen, nämlich nach Amerika auszuwandern. Ich wollte schon immer dort hin. Ja, es stimmt wohl, ich bin im Gegensatz zu meinem Bruder Ewald etwas zu empfindlich. Unternehmungslustig, jung und lernfähig konnte ich drüben in der neuen Welt rasch Fuß fassen. Zunächst war ich in New York Eisverkäufer. Ich bekam den Job, weil in dem betreffenden Wohnviertel viele Deutsche leben sollten. Habe dort jedoch keinen Einzigen getroffen. Als ich den amerikanischen Slang beherrschte, wurde ich Versicherungsagent. In dieser Branche kenne ich mich schließlich aus. Das Verkaufen von Sicherheiten gegen zukünftige Risiken, die vielleicht niemals eintreten werden, ist auch in Amerika nicht anders als bei uns in Deutschland. Natürlich muss man sich die dortigen entsprechenden Gesetze und Bedingungen aneignen, was mir nicht schwer fiel.

In New York habe ich dann auch meine jetzige Frau Britta, die dort abgekürzt Britt genannt wird, kennengelernt. Ohne voneinander zu wissen, waren wir uns an einem späten Nachmittag in einer Bibliothek begegnet. Ich wollte in einem Fachbuch etwas zum Versicherungswesen nachschlagen. Sie saß mit einem Stapel Bücher vor sich neben mir. Sie war in das Lesen derartig vertieft, dass sie nicht aufschaute. Zu meiner Überraschung studierte sie gerade eine deutsche Grammatik. Sie ist sicherlich noch ein „school-girl", dachte ich wegen ihres sehr jugendlichen Aussehens etwas abschätzig. Als der Lesesaal geschlossen wurde, trennten wir uns wortlos. Rein zufällig kam sie in der vollen U-Bahn auf dem Platz mir gegenüber zu sitzen. Jetzt sprach ich sie an. Neugierig geworden wollte ich wissen, was sie denn im Bibliothekssaal so eifrig gelesen habe. Überrascht und hocherfreut, plötzlich einen Deutschen vor sich zu haben, erzählte sie mir bereitwillig, dass sie deutsch lerne, weil sie Übersetzerin und Dolmetscherin werden wolle. Angeregt unterhielten wir uns. Wir stellten fest, dass wir an der gleichen Station aussteigen mussten. Kurzum, wir haben uns danach nicht mehr getrennt und sind zusammengeblieben.

Wir wollen es hoffentlich sehr lange bleiben. Unsere Hochzeitsreise unternahmen wir zuerst nach Paris, dann Rotterdam, wo ein Onkel von ihr in einem amerikanischen Konsulat arbeitet, und zuletzt natürlich nach Deutschland. Verständlich, dass ich ihr meine frühere Heimat zeigen und ihr meine Familie sowie natürlich auch meinen Vater vorstellen wollte. Zu unserem Familientreffen war auch mein Bruder Sebastian mit seiner japanischen Frau, die er ebenfalls kürzlich geheiratet hatte, gekommen. Unser Bruder Ewald war als Einziger in unserer Heimatstadt wohnen geblieben. An seiner Hochzeit und an der Taufe seines kleinen Sohnes hatte ich, noch bevor ich nach Amerika auswanderte, teilgenommen. Er arbeitet immer noch in der gleichen Bank und hat dort jetzt eine Führungsposition inne. Ewald geht es also recht gut. Der böse Rummel von damals sei jetzt längst vergessen, erklärte er uns lächelnd. Ich hatte Britt natürlich alles über meine Angehörigen erzählt. Sie hatte keine Berührungsängste, mich zu meinem Vater in die Haftanstalt zu begleiten. Bei früheren Freundinnen hatte ich die

gegenteilige Erfahrung machen müssen. Das
nur so nebenbei! Glücklich und dankbar war
mein guter Vater, dass er Britt nicht nur auf
Fotos, sondern jetzt selbst sehen durfte. Ich
war aus Amerika mit ihm immer im brieflichen
Kontakt geblieben.

Es gibt im Leben gewaltige Zufälle, die schlagartig alles in ganz andere Bahnen lenken
können. Es ist, als ob eine unsichtbare Macht
die Fäden zieht. So geschah es mir und meiner
Familie. Ich will darüber berichten. Ich habe
erzählt, auf welch zufällige Weise ich Britt
getroffen habe. Begreiflicherweise nahm
schon von da an mein Lebenslauf eine andere
Richtung. Die weiteren Ereignisse, die plötzlich alles verändern sollten, erfolgten dann hier
in Deutschland.
Nach dem Ende unserer Familienzusammen-
kunft blieben Britt und ich noch zwei Wochen
im Lande. Wir unternahmen mit einem
Mietwagen zunächst eine kleinere Rundreise
in die Umgebung. Britt wollte danach, typisch
für eine Amerikanerin, unbedingt Heidelberg
und München sehen. Nach unserer Rückkehr
zu unserem Ausgangspunkt hierher in die
Stadt hatte mein Bruder Ewald, der jetzt mit
seiner Familie selbst in Urlaub fahren wollte,

uns für unsere noch verbleibende Zeit seine Wohnung zur Benutzung überlassen. Er händigte uns außerdem zwei Konzertkarten aus, weil er und seine Frau diese an dem betreffenden Tag wegen ihrer Abwesenheit nicht nutzen konnten. Abends in der Konzertpause rauchte ich im Foyer eine Minizigarre, die ich aus Rotterdam mitgebracht hatte. Heute unvorstellbar, aber damals durfte man in diesem Saal noch rauchen. Plötzlich trat ein elegant gekleideter Herr mittleren Alters auf uns zu. Freundlich sprach er mich an, woher ich die kleine niedliche Zigarre hätte. Er sei passionierter Zigarrenraucher und wolle gern seine Erfahrungen mit mir austauschen. Aus meinem kleinen Lederetui bot ich ihm eine an. Er würde sich gern mit einer großen, echten Havanna revanchieren, erklärte er und lud uns anschließend in das Weinlokal neben dem Konzerthaus ein. Seine Ehefrau, die gerade eine andere Veranstaltung besuche, würde dort zu uns stoßen. Wir trafen uns danach in jenem, zu dieser Stunde noch gut besuchten Lokal. Wir machten uns zunächst miteinander näher bekannt. Sie waren Walter und Hella von Lammshausen. Ich weiß nicht mehr, um welche Zigarrensorte es sich gehandelt hat, die Walter mir schenkte. Sie muss sündhaft teuer gewesen sein. Sie schmeckte köstlich. Der leichte Honiggeruch, den das makellose, hellbraune Deckblatt ausströmte, wird mir unvergesslich bleiben. Damals konnte man noch ungehindert in den Innenräumen von Gaststätten rauchen, was heute nicht mehr gestattet ist. Übrigens, haben Sie einmal zugesehen, wie kunstvoll ein wahrer Kenner seine Zigarre anzündet? Wie er zunächst, um überhaupt rauchen zu können, sorgsam das Mundstück mit einem Messerchen oder Knipser anschneidet? Wie er danach die Zigarrenspitze, über eine Flamme haltend, sorgfältig in Brand setzt und nach dieser getanen Arbeit sich zurücklehnend, den eingezogenen Rauch im Munde schmeckend, mit sichtlichem Behagen wieder ausatmet? Solch ein malerischer Anblick ist heute leider nur noch selten zu sehen. Walter, so durfte ich ihn bald nennen, beherrschte diese Kunst in höchster Vollendung. Wir bestellten auf seine Empfehlung einen hervorragenden, recht teuren Rotwein. Walter, der beim Bedienungspersonal bekannt zu sein schien, entpuppte sich als ein wahrer Kenner und Genießer. Britt kam rasch mit seiner Frau Hella ins Gespräch. Der Abend versprach, angenehm zu werden. Wir waren offensichtlich in ein Restaurant für betuchte Leute geraten, wie man so schön sagt. Ich bin in bescheidenen Verhältnissen aufgewachsen und deshalb so etwas nicht gewohnt. Teuer und vornehm war hier alles, angefangen von dem Kellner in seinem schwarzen Frack, dann den Gästen, denen man an ihrer Kleidung und an dem von den Frauen getragenen Schmuck ansah, dass sie zur Oberschicht gehörten. Die blütenweissen Tischtücher mit den in silbernen Leuchtern brennenden Wachskerzen auf den Tischen und die rötlich gepolsterten bequemen Stühle und Sessel gaben dem Ganzen einen feierlichen Rahmen. Die an den Nachbartischen aufgetragenen, lecker aussehenden und duftenden Speisen machten ebenfalls keinen billigen Eindruck. Der Geruch stieg uns verführerisch in die Nasen. „Das Leben ist zu kurz, um es nicht wenigstens zu genießen", sagte Walter lachend und griff zu der kunstvoll in Leder gebundenen Speisekarte.

In der Erinnerung an jenen Abend bin ich zu sehr ins Erzählen und Schwärmen geraten. Ich bitte um Nachsicht, da diese Begegnung eine Weichenstellung für mich und für meine ganze Familie wurde. Als ich nämlich von meinem Beruf und meinem Leben in Amerika erzählte, rief Walter, er sei Personalchef eines global ausgerichteten Handelsunternehmens. Seine Firma suche händeringend einen versierten Manager für das Amerikageschäft. Bisher hätte man trotz Suchens niemanden finden können. Mit meinen Erfahrungen und Ortskenntnissen sei ich bestens geeignet. Ich solle mich unbedingt bewerben. Er könne zwar noch nichts versprechen, da er nicht allein zu entscheiden habe. Meine Aussichten wären jedoch nach seiner Einschätzung sehr gut. Auch das Gehalt würde stimmen. Das könne er schon jetzt sagen. Ich solle mir das Angebot unbedingt überlegen und ihm in den nächsten Tagen Bescheid geben. Hierzu überreichte er mir seine Visitenkarte. Ich händigte ihm meine aus. Der langen Rede kurzer Sinn, ich habe nach eingehender Beratung mit meiner Frau, die sich freute, künftig in Deutschland leben und hier vielleicht Dolmetscherin werden zu können, schon am nächsten Morgen zugesagt.

Nach Auflösung unseres Haushaltes und meines Arbeitsplatzes in Amerika habe ich dann die hiesige Stelle angetreten. Ich wurde allein verantwortlich für eine umfangreiche Geschäftssparte, nämlich für den amerikanischen Markt der Firma. Jetzt war ich als angesehener Geschäftsmann wieder in diese

Stadt zurückgekehrt, in der ich so Unange-
nehmes erlebt hatte. Wer hätte das gedacht?
Britt und ich kauften uns ein Reihenhaus, da
wir Nachwuchs erwarteten. Aus Amerika
hatte ich etwas Erspartes mitgebracht. Bei
meinem guten Verdienst war die Finanzierung
mittels üblicher Kredite nicht schwierig gewesen. Im Abstand von zwei Jahren wurden uns
dann zwei entzückende Töchter geboren. Wir
waren nun in Deutschland eine glückliche Familie geworden. Meinen Vater konnte ich
wieder regelmäßig im Gefängnis besuchen.

Walter und Hella von Lammshausen luden uns
zu sich ein und stellten uns ihren Bekannten
und Freunden vor. Walter hielt hier regelrecht
Hof. Er war Mittelpunkt und trug zu unserem
Erstaunen mit schöner Stimme auswendig
Gedichte vor. Diesem gesellschaftlichen Kreis
gehörten an: zunächst die Mutter von Hella,
eine an täglichen Dingen stets interessierte,
alte Dame, der man ihr Alter von neunzig
Jahren nicht ansah, dann zwei Geschäfts-
leute, der eine ein Tennisfreund von Walter, wie
man uns zuraunte, stinkreich, wir waren
augenscheinlich nicht seine Welt, der andere
ziemlich selbstgefällig und vermutlich nicht so
reich, weiter ein namhafter, jetzt im Ruhe-

stand lebender Bauingenieur mit seiner Gattin, einer Jugendfreundin von Hella, beide sehr nett und anregend im Gespräch, sowie eine Managerin aus der höheren Finanzwelt mit wenig Mitteilungsbedürfnis, ferner ein in sich gekehrter und in der Unterhaltung ziemlich einsilbiger Privatdozent für Philosophie von der Hochschule und zuletzt in der Runde sogar ein Baron, von dem ich bis heute nicht weiß, ob sein Titel echt war. Letzterer war überaus witzig mit recht abstrusen Ansichten, ein Hans-Dampf-in-allen-Gassen, der sich anscheinend von Einladung zu Einladung durchnassauerte. Hinter vorgehaltener Hand erzählte man sich, dass er keinen roten Heller besäße. Die Herrscher vergangener Jahrhunderte hielten sich auch ihren Hofnarren. Der plötzlich aufkommende, große Sturm hat unsere illustre Gesellschaft auseinander gefegt. Der Baron, die Dame der höheren Finanzen, die beiden Geschäftsmänner sowie unser stiller Philosoph ließen sich nicht mehr blicken. Das schlimme Unwetter nämlich war die hässliche Finanzkrise, die uns alle voll erwischte. Nicht genug davon, es starb in dieser bösen Zeit auch noch die hochbetagte, liebe, alte Dame. Unsere Idylle war jäh zerstoben. Wie der Dichter Schiller so schön sagt: „Mit des Schicksals Mächten ist kein ewiger Bund zu flechten." Der Eigentümer der Firma, in der Walter und ich bis jetzt beschäftigt waren, verkaufte uns an einen ausländischen Investor. Dieser hatte nichts Eiligeres zu tun, als das bisherige prosperierende Unternehmen zu zerschlagen. Mein Geschäftszweig wurde an eine fremde Firma ausgelagert.„Outsourcing" nennt man so etwas in der heutigen Geschäftssprache. Zwar beschäftigte man mich weiter. In meiner neuen Umgebung musste ich jedoch Machtverlust und eine beträchtliche Gehaltseinbuße hinnehmen. Es war ein Glück im Unglück, dass Britt als Dolmetscherin für unseren, durch unsere Kinder stärker in Anspruch genommenen Haushalt, unser Haus war schließlich noch nicht abbezahlt, hinzuverdienen konnte. Der zu allem Überfluss noch eintretende Umsatzrückgang des Amerikageschäftes machte mir große Sorgen. Dunkle Wolken hingen jetzt am Himmel. Viel schlimmer traf es Walter. Er tat sich schwer mit dem von ihm geforderten Entlassen von überflüssig gewordenen Mitarbeitern. Sein Grundsatz sei „Leben und Leben lassen", er sei mit der neuen Geschäftspolitik überhaupt nicht einverstanden, sagte er zu mir.

Das Ende vom Liede war, er musste selber vorzeitig gehen. Da er altersmäßig die Fünfzig überschritten hatte, konnte er keine geeignete Arbeitsstelle mehr finden. Erlaubt sei in diesem Zusammenhang die Frage, ob nicht Genießer, so wie er, eigentlich die verständnisvolleren, gütigeren, ja vielleicht sogar die besseren Menschen wären? Nein, nicht? Sorry, war nur ein kleiner Scherz! Wir von dem übrig gebliebenen Kern der ursprünglichen Geselligkeit besuchen uns weiter. Lieb gewordene Gewohnheiten, das Ausgehen in Nobelrestaurants, teurer Wein und Luxuszigarren sind endgültig vorbei.

Es ist richtig, meine persönlichen Beziehungen interessieren eigentlich niemanden. Überflüssiges aber werden Sie sicherlich ohnehin aus ihrer geplanten Sendung herausnehmen. Bitte bedenken Sie, ohne Walter wäre ich in Amerika geblieben. Ohne die weitere gesellige Verbundenheit mit ihm und seiner Frau wäre der Fall meines Vaters sicherlich nie aufgeklärt worden. Lassen Sie mich jetzt bitte in meinem Bericht fortfahren! Es war dann nämlich Hella, die unbewusst die Sache ins Rollen brachte. Sie rief uns unter der Woche an, ob wir nicht zusammen am kommenden Samstagvormittag den Flohmarkt am Flussufer der Stadt ansehen wollten. Walter spiele an diesem Tage Tennis. Sie habe somit Zeit, einmal richtig bummeln zu gehen. Der betreffende Markt sei sehenswert. Sie habe in der Vergangenheit hier einige günstige Schnäppchen machen können. Bei dort angebotenen Bildern hätte ein Käufer doch tatsächlich für fünfzehn Euro einen echten van Gogh erworben. Wenn der Erwerber nicht hinterher das Gemälde von einem Fachmann hätte schätzen lassen, wäre der Sachverhalt nie herausgekommen. Die Zeitung habe ausführlich darüber berichtet. Bei einem so riesigen Wert wird man sicher die Herkunft des Objektes zurückverfolgt haben. Der Betreffende wird es wohl nicht behalten haben können. Hätte er nur den Mund gehalten! An schönem Spielzeug wäre für unsere beiden kleinen Töchter auch einiges günstig zu haben. Sie schlage vor, dass wir unsere Autos in der in der Nähe befindlichen Tiefgarage abstellen und uns dort treffen.

Im flachen, zweisitzigen Kinderwagen schoben Britt und ich unsere beiden inzwischen zwei und vier Jahre alten Kinder durch die Verkaufsstände des Marktes hindurch. Die umher wogende Menschenmenge machte es uns nicht leicht. Unsere Kleinen begannen begreiflicherweise unruhig zu werden. Hella steuerte auf einen Stand zu, auf dem allerlei silberne Sachen, wie Essbestecke, altmodisch aussehende Schmuckstücke und sonstige versilberte Gegenstände lagerten. „Ist die kleine Silberdose für Zucker nicht süß“, flüsterte Hella uns aufgeregt zu. Mein Blick fiel auf eine altmodische Taschenuhr mit dicker Uhrenkette, wie sie vor dem Aufkommen der Armbanduhren üblich waren. Diese, jetzt mit einer leichten Patina überzogene, silberne Uhr kannte ich doch? Schlagartig erinnerte ich mich, dass ich sie bei meinem Großvater gesehen hatte. Als ich sie vom Verkaufstisch in die Hand nahm und den Deckel der Rückseite aufklappte, entdeckte ich die zwei winzigen Schlüssellöcher, das eine in der Mitte zum Stellen der Uhrzeiger und das andere seitliche zum Aufziehen der Uhr. Mit dem tatsächlich noch an der Kette hängenden, kleinen Schlüsselchen hatte Opa damals in meiner Gegenwart das Uhrwerk aufgezogen und mir danach feierlich das Einstellen der Zeit gezeigt. Dabei erklärte er mir jedes Mal bedeutsam, dass es sich um ein sehr altes Erbstück noch von seinem Vater her handele. Erregt sah ich auch auf der Rückseite des Uhrendeckels den kunstvoll geschwungenen, eingravierten Buchstaben K, der für den Familiennamen Koznich angebracht war. Es bestand kein Zweifel, dass ich die alte Familienuhr in meinen Händen hielt, die später mein ermordeter Onkel geerbt hatte. Wie kam dieses ehrwürdige Stück auf den Flohmarkt? Mein „pokerface" aufsetzend, für das mich meine amerikanischen Freunde beim Poker-Spiel bewundert hatten, fragte ich mit gleichgültiger Stimme den ältlich aussehenden Händler, was er für dieses unpraktische Ding verlange. „Nein, sechzig Euro, das sind ja nach alter Rechnung 120 DM, sind viel zu viel", fing ich an zu feilschen, was mir immer großen Spaß macht. „Sicher, es handelt sich hier um eine Ancre-Uhr, die nicht mehr hergestellt wird; jedoch ist diese nur versilbert, also von billigem Material, außerdem hat das Ziffernglas einen winzigen Sprung, sehen Sie ihn?", erklärte ich ihm. Unbeabsichtigt half mir Britt, indem sie sagte: „Du wirst das alte Zeug doch wohl nicht kaufen wollen!" Ihn am Arm beiseite ziehend, sagte ich augenzwinkernd: „Hier habe ich gerade dreißig Euro, mehr darf ich nicht ausgeben." „Na schön, ich bin einverstanden", antwortete er zögernd. Nach nun erfolgtem Rückkauf kam mir blitzartig der Gedanke, möglicherweise ein wichtiges Beweisstück in der Hand zu haben. Ich wusste aus einer Unterhaltung mit meinem Onkel, dass dieser ebenfalls stolz auf diese alte Uhr gewesen war. Im Gegensatz zu meinem Vater war ich mit ihm immer gut ausgekommen. Ich konnte mir deshalb nicht vorstellen, dass er sie freiwillig weggegeben hätte. Ich fragte den alten Händler, woher er denn diese Taschenuhr samt Kette habe. Er wurde böse und wollte sich abwenden. Ich hielt ihn fest und zischte ihm ins Ohr: „Diese Uhr gehörte meinem ermordeten Onkel und war nach der Tat verschwunden. Der Beweis für sein Eigentum ist das große K auf dem Uhrendeckel, sein Nachname fing mit diesem Buchstaben an. Wenn Sie wünschen, können wir die Polizei holen!" Der alte Mann, den ich fest an der Hand hielt, knickte ein. „Ich habe damit nichts zu tun." „Das glaube ich Ihnen gern, sonst hätten Sie nicht die Stirn gehabt, gerade dieses Stück hier in dieser Stadt zum Verkauf anzubieten", versuchte ich, ihm eine Brücke zu bauen. „Also, ich will Ihnen alles erzählen, was ich weiß. Vor zwei Jahren besuchten meine Frau und ich Wien. Beim Streifen durch die Altstadt entdeckten wir im Schaufenster eines Antik-Geschäftes in der Nähe des Stephansdomes diese alte Uhr nebst dazu gehörender Kette. Wir erinnerten uns, dass der Schwiegervater meiner Tochter, ein leidenschaftlicher Uhrensammler, in drei Monaten seinen sechzigsten Geburtstag feiern würde. Wir haben sie deshalb gekauft und hofften, ihm damit eine große Freude zu bereiten. Dazu kam es leider nicht mehr. Er starb vor seinem Ehrentag ganz unerwartet. Uhr und Kette schlummerten bei uns in einer Schublade. Wir entdeckten sie, als wir wegen unseres geplanten Umzuges in ein Seniorenheim alle unsere Sachen, die wir nicht mehr gebrauchen können, hier auf dem Flohmarkt zum Verkauf anbieten wollten. Den genauen Ort und den Namen des Ladens weiß ich nicht mehr. Aber halt, als ordnungsliebender Mensch habe ich die Rechnung aufbewahrt. Da müssten Firmenname und Anschrift verzeichnet sein. Ich kann Ihnen diesen Beleg gern geben. Übrigens, ich habe damals dafür tatsächlich sechzig Euro gezahlt."

Meine Mutter, die ich sofort anrief, war höchst überrascht. Bei der Auflösung des Haushaltes ihres getöteten Bruders wäre ihr das Fehlen dieser beiden Stücke nicht aufgefallen. Da zu dieser Zeit so viel auf sie eingestürmt wäre, hätte sie daran auch keinen Gedanken verschwendet. Sonst hätte im Hause ja auch nichts gefehlt. Rechtsanwalt Gescheidle, mit dem ich nun das weitere Vorgehen besprach, riet mir, die Kriminalpolizei, die damals in der Mordsache ermittelt hatte, aufzusuchen und dieser zu erklären, dass dieses alte Erbstück nach der Tat verschwunden war und deshalb im Zusammenhang mit dem Fall stehen müsse. Die Polizei sei schließlich zur Aufklärung gesetzlich verpflichtet. Er wolle als Anwalt notfalls flankierend tätig werden.

Kriminalkommissar Berner hörte mich in seinem Büro aufmerksam an. Er erinnere sich an diesen Fall sehr genau, da er damals dem die Ermittlungen leitenden Kommissar Bogsmüller, der inzwischen verstorben sei, zugeteilt gewesen wäre, erklärte er. Er wolle die Uhr nebst dem Kaufbeleg an die Wiener Kollegen zwecks näherer Aufklärung vor Ort übersenden. Sobald er aus Wien Nachricht erhalte, werde er mich unterrichten. Meine Geduld wurde dann aber auf eine harte Probe gestellt. Monatelang hörte ich nichts von der Polizei. Es seien Sommerferien und die Wiener auch nicht gerade von der schnellen Truppe, beschied mich Kommissar Berner, er werde dort einmal nachfassen. Mein Vater, dem ich bei meinem Besuch von dem mysteriösen

Auftauchen der Uhr erzählte, meinte abschätzig, dass der Willi diese sicherlich verhökert habe. Dies sei ihm durchaus zuzutrauen. Ich wusste, dass er nicht viel von meinem Onkel gehalten hat, und habe gleich das Thema gewechselt.

Ich selbst hatte ebenfalls schon die Hoffnung aufgegeben. Da läutete eines Nachmittags bei mir in der Firma das Telefon. Am Apparat war die Kripo. Eine Frauenstimme teilte mir mit, dass Kommissar Berner mich am nächsten Tag auf seiner Dienststelle erwarte. Lächelnd empfing mich dort der Kommissar und bat mich, ihm gegenüber Platz zu nehmen. „Trinken Sie mit mir einen Kaffee?", fragte er. „Einen kleinen Augenblick, ich hole ihn gleich von unserer Kaffeemaschine. Nehmen Sie Milch und Zucker? So, jetzt können wir in Ruhe sprechen." Seinen Bericht, auf den ich natürlich sehr gespannt war, versuche ich jetzt möglichst genau wiederzugeben:
„Den Antik-Laden in Wien gibt es nicht mehr. Der Inhaber ist längst tot. Seine Witwe konnten unsere österreichischen Kollegen schließlich in einem Altenheim aufstöbern, wo sie jetzt lebt. Die alte Dame konnte sich noch genau an den Ankauf der Uhr erinnern, da sie

zufällig an diesem Tage im Geschäft ausge-
holfen hatte. Der Mann habe auffallend säch-
sisch gesprochen. Ein richtiger Piefke, habe
sie gedacht. Hier in dem Protokoll steht in
Klammern, dass der Wiener den Deutschen
gern Piefke nennt", sagte Berner behaglich
lachend. „Die Zeugin berichtete weiter, sie
habe sich ihn deswegen genauer angeschaut.
Er habe rötlich gelockte Haare gehabt. Er
hätte ganz fesch ausgesehen. Als ich das
gelesen habe, hat es bei mir im Kopf geklingelt.
Der eine von den im Hause des Ermordeten
tätigen Sozialarbeitern hatte rote Haare
gehabt. Ich glaubte mich auch zu erinnern,
dass er einen ostdeutschen Dialekt sprach. Er
hieß, wie ich rasch aus unseren Akten feststellen konnte, Karl Bethke. Gegen ihn und
seine anderen Kollegen hatten wir natürlich
damals auch ermittelt. Wir konnten ihnen
nichts nachweisen. Sie hatten kein Tatmotiv.
Von den Sachen des Opfers wurde nichts
vermisst. Sämtliche Mitarbeiter, darunter
Bethke, besaßen zum Tatzeitpunkt ein Alibi. Sie
alle hatten nämlich an diesem betreffenden und
dem darauf folgenden Tage, also zum Zeitpunkt
des Mordes, an einer von ihrem Arbeitgeber
ausgerichteten Tagung und Schulung mit be-
zahlter Übernachtung in dem renommierten

Heidehotel in der Mentzer Heide teilgenommen. Die Betreffenden hatten dort gemeinsam zu Abend gegessen und anschließend bis ungefähr 22 Uhr in der Hotelbar gesessen und getrunken. Danach waren alle zum Schlafen in ihre Hotelzimmer aufgebrochen, da das Tagungsprogramm schon früh um acht Uhr weitergehen sollte, wie unsere Feststellungen ergaben. Hatten wir da vielleicht etwas übersehen? Karl Bethke arbeitet heute bei einem anderen Unternehmen. Wir suchten ihn dort auf. Es gelang mir, ihn regelrecht zu überrumpeln, als ich ihm in meiner Hand die an der Kette hängende Uhr zeigte. Er erkannte sie sofort und wurde leichenblass. Bei der anschließenden Vernehmung packte er aus. Übrigens", unterbrach Berner seinen Bericht, „haben Sie gewusst, dass ihr Onkel zur homosexuellen Szene gehörte? Das ist ja heute nichts Ehrenwidriges mehr." „Das kann nicht sein", stieß ich wie vor den Kopf geschlagen, verblüfft aus. „Er hatte doch eine feste Freundin. Ich habe sie selber bei ihm kennengelernt." „Er hatte sie gehabt", ergänzte Berner geduldig, „beide hatten sich schon lange vor seinem gewaltsamen Tode getrennt. Sie hat danach geheiratet und hat mit der Tat überhaupt nichts zu tun, wie wir

rasch klären konnten. Anscheinend war Ihr
Onkel bisexuell veranlagt. Das soll es ja geben,
wie Beispiele berühmter Leute zeigen.
Jedenfalls hatte er eine sehr enge Beziehung
mit Karl Bethke gehabt. Die betreffende
Taschenuhr hatte er diesem wenige Tage vor
seinem Tode ganz legal übergeben. Ich halte
diese Aussage für glaubwürdig. Sehen Sie
diesen winzigen Sprung hier am Rande des
Ziffernglases? Ah, diesen haben Sie schon
bemerkt. Diese Beschädigung wurde verur-
sacht, als Ihrem Onkel die Uhr herunter-
gefallen war. Der kleine Schaden störte ihn
scheinbar mächtig. Bethke sagte ihm, dass er
einen geeigneten Uhrmacher für die Reparatur
wüsste. Dieser sei Fachmann für alte Uhren
und könne sie bei dieser Gelegenheit gleich
ganz überholen. Willi Koznich händigte sie ihm
daraufhin zusammen mit der Uhrkette aus, weil
an letzterer das Schlüsselchen zum Stellen
und Aufziehen hing. Bethke vergaß aus
irgendwelchen Umständen seinen Auftrag, so
sagte er uns.
Am Abend in jener Nacht besuchte ihr Onkel
eine in diesen Kreisen bekannte Szenekneipe.
Dort traf er den jungen Friseurangestellten
Fred Wild, den er bereits kannte und dem er
angeblich Geld schuldete. Man habe in großer

Runde Bier und Schnaps getrunken. Der Wild hätte dann mit seinem Handy den Karl Bethke angerufen, damit er zu der Gesellschaft stoßen sollte. Beide hatten nämlich ebenfalls miteinander eine sexuelle Beziehung begonnen. Dieses Verhältnis muss sehr leidenschaftlich gewesen sein, wie unsere Vernehmung ergab. Bethke hatte in seinem Hotelzimmer den Anruf auf seinem Apparat entgegengenommen und trotz seiner Müdigkeit, wie er erklärte, sein Kommen dennoch zugesagt. Er fuhr mit seinem Auto offenbar unbemerkt aus der Tiefgarage des Hotels heraus. Eine Autofahrt von der Mentzer Heide in die Stadt, zu dem betreffenden Lokal, beträgt zur Nachtzeit eine gute halbe Stunde. Ich habe das nachgeprüft. Nach kurzem Beisammensein in der Kneipe hätten er und Fred Wild zunächst Willi Koznich nach Hause bringen wollen, um dann allein zusammen die Nacht zu verbringen. Bethke hätte sie in seinem Wagen gefahren, da Wild wegen zuviel Alkohol nicht mehr fahrtüchtig gewesen wäre. Ihr Onkel besaß bekanntlich kein Fahrzeug.

Bei ihm zu Hause angekommen, hätte er seine beiden Begleiter noch zu sich in seine Wohnung eingeladen. Bethke habe eigentlich nicht mitkommen wollen, dann jedoch nachgegeben, weil Fred schon aus dem Auto ausgestiegen wäre. Nach meiner Vermutung geschah dieses, weil er das Geld von ihrem Onkel zurück haben wollte. Koznich musste inzwischen bemerkt haben, dass Bethke und Wild ein sehr intimes Verhältnis zueinander hatten. Er hätte, so sagte Bethke aus, Wild urplötzlich in heftiger Eifersucht übel beschimpft und mit einer hölzernen Stange auf ihn eingeprügelt. In Zorn geraten, hätte dieser, angeblich in Verteidigungsabsicht, das zufällig neben dem Kamin liegende Beil ergriffen und damit Willi Koznich erschlagen. Bethke erklärte uns, dass die betreffende Axt aus dem stets unverschlossenen Gartenschuppen des Nachbargrundstückes stammte, von wo Ihr Onkel sie immer ungefragt zum Hacken des Feuerholzes für seinen Kamin ausgeliehen hätte. Ob hier tatsächlich der Sachverhalt einer Notwehr vorgelegen hat, wie man uns weis machen will, oder ob vielmehr Koznich aus Eifersucht getötet wurde, steht nicht fest", meinte der Kommissar nachdenklich. „Die beiden Tatverdächtigen sind nämlich bis heute als Paar zusammengeblieben.

Nachdem Willi Koznich wie ein gefällter Baum lautlos tot zu Boden gestürzt sei, wäre Wild zur Besinnung gekommen. Alles wäre so schnell gegangen, dass er, Bethke, nicht mehr hätte rechtzeitig einschreiten können, so war seine Erklärung uns gegenüber. Man hätte dann kurz beraten, was zu tun sei. Er hätte Wild davon abgehalten, nach Geld zu suchen, das der Getötete ihm schuldete, sondern darauf gedrängt, so rasch wie möglich zu verschwinden. Um die Spur zu verwischen, habe Bethke die Axt zu dem Schuppen zurückgebracht und die Holzstange irgendwohin in ein Gebüsch geworfen. Die Örtlichkeiten seien ihm durch seine beruflich bedingte Anwesenheit im Hause bekannt gewesen. Bethke berichtete weiter, nach Öffnen des bewussten Gartentores, um an sein Ziel zu gelangen, hätte er zu seinem Erschrecken eine Gestalt bemerkt, die sich urplötzlich in der Dunkelheit stöhnend vom Erdboden aufgerichtet und begonnen habe, sich mühsam zum unten liegenden Wohnhaus zu schleppen. Diese Person war kein anderer als Ihr Vater", unterbrach Kommissar Berner seinen Bericht und fuhr fort, „Bethke will sich hinter einer Tanne versteckt haben. Er habe vermutet, dass der Unbekannte schon eine geraume Zeit reglos auf der Erde gelegen haben muss. Es hätte eine Ewigkeit gedauert, bis der Betreffende endlich die Haustür aufgeschlossen und in seinem Haus verschwunden wäre. Erst danach hätte Bethke das Beil in den Schuppen zurückgelegt. Offensichtlich muss er vergessen haben, hinter sich die Gartentür wieder zu verriegeln", erklärte Berner. „Seinen Gefährten hätte er mit dem Auto nach Hause gebracht. Er selbst wäre dann sofort zu seinem Hotel zurückgefahren, gab er uns abschließend an. Fred Wild hat bei seiner Vernehmung die Tat gestanden, will jedoch in Notwehr gehandelt haben. Das Ganze war also eine Tat mit sexuellem Hintergrund, vermutlich aus Eifersucht. An der Tatwaffe, die wir in unserer Asservatenkammer aufbewahrt hatten, ergab die DNA-Analyse Spuren der beiden Beteiligten. Übrigens, Ihre Frau Mutter und Sie haben wohl die Axt nie zum Holzhacken benutzt? Jedenfalls war bei unserer Überprüfung seinerzeit weder etwas von ihr noch von Ihnen darauf zu entdecken. Arbeiten mit einem Beil sind wohl nicht jedermanns Sache", grinste der Kommissar. „Es besteht nun kein Zweifel mehr, Ihr Vater hat mit der Tat nichts zu tun. Er ist unschuldig. Die Staatsanwaltschaft ermittelt zur Stunde gegen Bethke und Wild. Ich freue mich, Ihnen dieses mitteilen zu können", beendete Kommissar Berner seinen Bericht.

Sie können sich sicherlich vorstellen, wie erleichtert und glücklich ich über diese Mitteilung war. Aber nun wollte ich noch, neugierig geworden, von dem Kommissar erfahren, auf welche Weise unsere Beweisstücke überhaupt nach Wien gelangt waren. „Richtig, das habe ich noch nicht erwähnt", erwiderte dieser auf meine Frage geduldig. „Bethke hat hierzu erklärt, dass er Uhr und Kette in seiner Küchenschublade abgelegt und sie dort in der Aufregung vergessen hätte. Als er beide Sachen nach geraumer Zeit wieder entdeckte, hätte er sie eigentlich behalten können, da niemand danach gefragt hatte und außerdem ein anderer verdächtigt wurde. Weil es ihn aber ständig an das schreckliche Geschehen erinnert habe, wäre ihm der Gedanke gekommen, diesen unglücklichen Besitz auf seiner geplanten Urlaubsreise nach Wien und Budapest an einem der Orte irgendwie kostengünstig loszuschlagen. So kam es, dass unsere beiden wichtigen Stücke im Schaufenster des kleinen Ladens in der Nähe des Stephansdomes gelandet waren. Er hätte nur wenig Geld dafür bekommen, sagte er uns, was ich ihm aufs Wort glaube. Bethke ist übrigens völlig fassungslos. Er kann nicht begreifen, wie diese dumme alte Taschenuhr nebst ihrer ver-

alteten Kette aus dem weit entfernten Wien,
wo er sie für endgültig beseitigt hielt, aus-
gerechnet hierher, dazu noch als Beweismittel
gegen ihn, zurückgefunden haben. Es wäre
besser gewesen, so meinte er, wenn er diese
unnötigen Gegenstände, die er lediglich aus
Gefälligkeit entgegengenommen habe, dort
gleich in die Donau geworfen hätte."

„Herr Rechtsanwalt Gescheidle, der Fall Ihres Mandanten Bruno Seckel hat in der Öffentlichkeit große Aufmerksamkeit erregt. Wir danken Ihnen, dass Sie sich nach unserem Anschreiben sofort bereit erklärt haben, uns zu einem Interview für unsere beabsichtigte Fernsehsendung zu empfangen. Die Strafkammer des hiesigen Landgerichts hatte damals Ihren Mandanten als Mörder zu einer lebenslangen Freiheitsstrafe verurteilt. Sind Sie überrascht, dass dieses Delikt nun eine ganz andere Aufklärung erfahren hat?"

„Nein, nicht wirklich! Vergessen Sie nicht, dass es sich um einen reinen Indizienprozess gegen meinen Mandanten gehandelt hatte. Es gab keine Zeugen, die die Tat beobachtet haben. Der Gartenschuppen, in dem das Beil mit den Blutspuren des Ermordeten darauf entdeckt wurde, war aus Nachlässigkeit nie abgeschlossen worden. Jeder konnte also den Schuppen betreten. In die beiden hier in Frage kommenden Grundstücke konnten Unbefugte mühelos heimlich eindringen, wie ich selbst vor Ort feststellen konnte."

„Sie hatten deswegen auf Freispruch mangels Beweises für den Angeklagten plädiert?"

„Nicht nur deswegen! Die Anklage behauptete, dass mein Mandant in jener Sturmnacht, während des Verriegelns des hin- und herschlagenden Gartentores, im Lichtschein zwischen den Rollläden des Wohnraumes seinen Schwager erblickt und zugleich beschlossen habe, wegen der gerade günstigen Gelegenheit mit ihm abzurechnen. Er habe zu diesem Zweck das Beil aus seinem Schuppen geholt, bei seinem Schwager geklingelt und ihn erschlagen. Beweis sei das Blut des Getöteten auf der Tatwaffe. Das Tatmotiv sei, dass dieser seiner Frau und ihm, nach seiner Auffassung unberechtigterweise, das Grundstück streitig gemacht habe. Es sei hinlänglich bekannt, dass er den Bruder seiner Frau gehasst und ihn früher sogar einmal verprügelt habe, was durch Zeugenaussagen belegt sei. Bei dieser Auffassung sah ich zwei Widersprüche. Wenn mein Mandant tatsächlich der Täter sein sollte, dann ergibt es keinen Sinn, wenn er ohne Not die Polizei auf das Gartentor aufmerksam macht. Außerdem bleibt unverständlich, weshalb er die Tatwaffe brav in den Schuppen zurücklegt, wo man sie sofort finden kann, und sie nicht besser woanders versteckt oder gleich ganz beseitigt."

„Warum ist das Gericht Ihrer Argumentation nicht gefolgt?"

„In der Urteilsbegründung wird das Verhalten des Angeklagten gegenüber den ermittelnden Polizeibeamten als reines Ablenkungsmanöver gewertet. Seine Einlassung, dass er hinter der Jalousie noch andere Personen gesehen habe, wird als Schutzbehauptung von ihm angesehen. Das Zurückbringen und Belassen des Beiles in der Hütte wird damit begründet, dass der Angeklagte wegen des gerade begonnenen Wochenendes nicht mit einer Entdeckung seiner Tat und vor allem nicht mit seiner raschen Überführung als Täter gerechnet habe. Abschließend wird ausgeführt, dass der Beschuldigte durch die Spuren auf der Tatwaffe hinlänglich überführt sei. Die Strafkammer ist hinsichtlich des Tatbestandes den Ausführungen der Staatsanwaltschaft, also der Anklage, gefolgt und hat meinen Mandanten wegen vorsätzlichen Mordes aus niedrigen Beweggründen und Heimtücke, die hier durch Ausnutzung der Nachtzeit und der Arglosigkeit des Opfers gegeben ist, nach Maßgabe von § 211 des Strafgesetzbuches zu einer lebenslangen Freiheitsstrafe verurteilt. Eine besondere Schwere der Schuld

nach Maßgabe von § 66 des Strafgesetzbuches, welche eine anschließende Sicherungsverwahrung beinhalten würde, wurde
nicht ausgesprochen. Schließlich stellte mein
Mandant keine Gefahr für die Allgemeinheit
dar. Er war weder einschlägig noch sonst
vorbestraft."

„Jetzt hat aber dieser Fall einen ganz anderen
Hintergrund bekommen. Wurde damals das
Umfeld des Ermordeten nicht richtig untersucht? Hat hier nicht eine Ermittlungspanne
vorgelegen?"

„Diese Fragen kann man heute nicht mehr
eindeutig beantworten. Ein Nachweis wäre
schwierig. Es bringt uns jetzt nicht mehr
weiter."

„War es, Herr Rechtsanwalt Gescheidle, für
Sie nicht eine Genugtuung, dass Sie letzten
Endes doch recht behalten hatten?"

„Selbstverständlich habe ich mich gefreut, im
Wiederaufnahmeverfahren bei der Strafkammer des Landgerichtes für meinen Mandanten
einen Freispruch mangels Verschuldens zu
bekommen. Ich bedaure nur, dass es zehn Jah-

re gedauert hat, bis Bruno Seckel endlich als freier Mann das Gefängnis verlassen konnte."

„Ihr Mandant wäre nicht eingesperrt worden, wenn von Anfang an richtig aufgeklärt worden wäre. Hat er wenigstens eine angemessene Entschädigung für das Unrecht, das ihm zugefügt wurde, erhalten?"

„Eine Haftentschädigung richtet sich nach dem Gesetz über die Entschädigung für Strafverfolgungsmaßnahmen. Sofern kein höherer Vermögensschaden für den Betroffenen nachgewiesen wird, beträgt derzeit die Entschädigungssumme fünfundzwanzig Euro für jeden angefangenen Tag der Freiheitsentziehung. Über die Verpflichtung zur Entschädigung hat das Gericht beim Urteil des Freispruches zu entscheiden, was in unserem Falle geschehen ist. Dieser Entschädigungsanspruch muss innerhalb von sechs Monaten bei derjenigen Staatsanwaltschaft angemeldet werden, die seinerzeit die Ermittlungen durchgeführt hat. Diese Behörde weist den Berechtigten auch auf die Nachzahlung bei Beiträgen zur Rentenversicherung hin, was sehr wichtig ist. Wenn jedoch die Anmeldungsfrist nicht eingehalten wird, ist ein Anspruch ausgeschlossen. Die Entscheidung über den Antrag fällt abschließend die Landesjustizverwaltung, was in unserem Fall auch geschehen ist. Sie können selbst ausrechnen, wie viel mein Mandant für seine zehnjährige Haftzeit erhalten hat. Die Summe sieht auf den ersten Blick beträchtlich aus und kann dazu verleiten, zwecks Nachholung der im Gefängnis verlorenen Jahre gewaltig über die Stränge zu schlagen. Das Geld wäre dann rasch verpulvert. Eine weitere Gefahr besteht darin, dass die meisten Betroffenen in dieser Situation oft nicht wissen, wie der ungewohnte Geldsegen sinnvoll zu verwerten ist und sich zudem auch möglicherweise falsch beraten lassen. Das Geld soll schließlich dem Entlassenen zum Aufbau einer neuen Existenz dienen. Wenn man berücksichtigt, dass mein Mandant auf Grund seines Alters nur noch geringe Chancen auf dem Arbeitsmarkt hat, ist die ausbezahlte Entschädigung zur Bestreitung seines künftigen Lebensunterhaltes nicht besonders hoch. Zu meiner Genugtuung kann ich bestätigen, dass er sich vor Versuchungen zurückgehalten und anscheinend sein Geld richtig angelegt hat. Man kann behaupten, dass er sein Leben in den Griff bekommen hat."

„Herr Rechtsanwalt, für unsere Fernsehsendung hätten wir auch gern Herrn Seckel
vor unserer Kamera gehabt. Wir wollten von
ihm persönlich etwas erfahren: zum einen über
seine Haftzeit, zum anderen, wie es ihm nach
seiner Entlassung vor zwei Jahren ergangen
war und wie er sich heute fühlt. Leider hat er
uns eine Absage erteilt. Können Sie uns hierzu
etwas sagen? Wie muss man ihn sich nach
Ihrer Erfahrung als Person vorstellen?"

„Mit Zustimmung meines Mandanten darf ich
Ihnen berichten, dass es ihm gut geht. Nach
seiner Entlassung wohnte er zunächst bei
einem seiner Söhne. Jetzt lebt er mit einer
Lebenspartnerin zusammen in einer Mietwoh-
nung. Er hat ein eigenes kleines Geschäft
eröffnet. Es ist ein Einmannbetrieb. Er führt
Dienstleistungen aus, wie Malen, Tapezieren,
auch Gartenhecken schneiden. Er berichtet,
er könne sich vor Aufträgen kaum retten. Seine
Gefährtin, eine nach meiner Beobachtung
besonnene Frau, macht als gelernte Buch-
halterin seine Buchführung, was ich für ihn als
besonders vorteilhaft ansehe. Es sieht so aus,
dass er jetzt endlich auch einmal Glück hat.
Als Mensch ist Bruno Seckel, wie ich ihn kenne,
in seinem Auftreten sehr geradlinig. Er sagt,

was er denkt. Oft sind leider diese Leute nicht die Geschicktesten bei der Wahrnehmung ihrer eigenen Belange. Betrachten wir es so, die Kunst der feinen Diplomatie ist ihre Stärke nicht. Über seine Vergangenheit möchte mein Mandant grundsätzlich nicht sprechen. Das gilt auch für seine Gefängniszeit. Er will einfach in Ruhe gelassen werden und schon gar nicht vor eine Kamera treten. Man muss dieses akzeptieren. Ich glaube, dass Ihre Sendung auch ohne sein persönliches Erscheinen interessant wird."

Nachwort

Zunächst danke ich ganz herzlich meiner Tochter Heike Strobel für ihre großen Bemühungen bei der Gestaltung dieses Buches.

Zu besonderem Dank bin ich dem Künstler Hans Helmut Rupp, 1. Vorsitzender des Kunstvereins Bad Homburg ARTLANTIS e.V. für das von ihm geschaffene Titelbild und auch für seine guten Ratschläge verpflichtet.

Freundlichen Rat, für den ich mich bedanke, erhielt ich von meinen alten Klassenkameraden Dr. Herbert Rädle und Karl Hils.

Zum Schluss erkläre ich, dass alle Personen in dieser Handlung frei erfunden sind. Etwaige Ähnlichkeiten wären rein zufällig.

Der Verfasser

Über den Autor

Eberhard Strobel hat als Kind noch den Krieg und seine Schrecken miterlebt. Später war er als Jurist tätig und wohnt heute in Bad Homburg vor der Höhe. In seinem Ruhestand, den er, wie er sagt, als „Unruhestand" auffasst, fand er dann endlich die Zeit für das Schreiben. Während seiner beruflichen Tätigkeit lernte er viele Menschen und ihre Schicksale kennen. Seine hierdurch erworbene Menschenkenntnis kommt sowohl in seinem jetzt erschienenen spannenden Krimi als auch in seinem früheren Roman „Draußen vor der Stadt" (erschienen 2009 im Verlag Buchproduktion Bernd Reimer, Frankfurt am Main) sehr wirkungsvoll zum Ausdruck. Drei weitere Bücher sowie einige private Abhandlungen verfasste er nur für seine Familie und seine Freunde. Neben dem Schreiben interessiert sich Eberhard Strobel für Literatur und die Sprachen Französisch und Russisch. Außerdem ist er Kunstliebhaber und förderndes Mitglied eines Kunstvereines.